O JIHADISTA

EMERY MOREIRA

Tradução por

Fernando Mendes de Sousa

Copyright © Emery Moreira 2009

Copyright © Fernando Mendes de Sousa 2018

Publicado em 2009 em Inglês por 8th House Publishing, Montreal Canadá, com
ISBN 978-0-9809108-8-9 (pbk.)

Primeira edição

ISBN 978-1-926716-54-1

*Um registo de catálogo CIP para este livro está disponível na Library and Archives
Canada, Library of Congress dos E.U.A e/ou na Biblioteca Nacional de Portugal.*

EDITORA NTN

O
JIHADISTA

CONTEÚDO

GRAÇA I

"*Vejo um homem a chegar. Um homem terrível.
Morte na sua alma e sangue por onde ele passa.
Ele faz o céu vermelho e para onde ele vai a terra
é carbonizada . . .*"

Em cima de uma caixa de leite avessamente colocada, no centro da Praça de St. Phillip, um homem com uma túnica folgada dá o seu discurso.

É Domingo. Há algumas crianças lambendo cones de gelado e comendo doces. Elas encontram-se com algumas outras crianças e pais alheios, cada uma delas rindo e sorrindo irritantemente para o homem em farrapos. Ele cheira a mijo, dizem algumas das crianças. As calças dele estão definitivamente manchadas, porém do quê exactamente ninguém pode referir.

Inigo parou para ouvir.

"Meu bom povo, meus filhinhos, pais trabalhadores e mães dedicadas," diz ele. Inigo achou que ele estaria a dirigir-se apenas a alguns dos presentes. O homem prosseguiu com o discurso, o mesmo discurso que dava todos os dias, que começava pontualmente às cinco e quinze e para o qual Inigo sempre parava para ouvir quando voltava do trabalho—se se pode chamar, oito horas de entrada de dados num teclado entorpecedor para uma empresa de pesquisa farmacêutica, trabalho.

"Todos vós *vendes* como na nossa própria terra o homem é *surplantado* pela máquina. Pela máquina! Um ruidoso e incansável bruto que trabalha e trabalha sem descanso ou alegria e nunca se cansa, de modo que somos todos substituídos por máquinas e os homens honestos como eu não são capazes de encontrar emprego; e nem um lugar foi deixado para o benfazejo humano no mundo da *purgamação computadonal*. Bem, sonhei com uma terra, meu povo..."

Lá vem, pensou Inigo. O velho olhou sobre as cabeças da multidão. Ninguém deu ouvidos à palavra dele. Ele estava infatigável, impérvio, inconsciente, assim como uma força natural:

"Oh, nos meus sonhos, sonhei com uma terra onde estas máquinas se tornaram tão grandes e as tecnologias tão importantes que a sua *surplantação* de homens era plena."

Ele fez uma pausa como sempre fazia, observou Inigo. Para efeito dramático, talvez. Ou para permitir que o horror do seu sonho afundasse.

"No início os povos se rejubilavam de serem libertados dos seus fardos e saíam às ruas alegres e felizes, todos gritando *Pogresso! Pogresso!* E como o *Pogresso* os tinha libertado do jugo do trabalho! Mas quando eu os vejo novamente, eles estão deitados em pilhas de lixo... *estaindes* a ver? E as máquinas produziam tanto, sem esforço, que havia um grande excesso de todas as coisas e os povos estavam jubilosos. Mas a capacidade destas máquinas—estes monstros de aço e electricidade—era ilimitada e logo havia muito de tudo. Os povos tinham tudo o que queriam e estavam satisfeitos. Havia uma abundância de todo tipo de coisas. Mas os povos não precisavam de tanto, de modo que acumulavam inutilmente e o próprio ouro deixou de ter importância. Mas *estaindes* a ver, as máquinas continuaram a girar e deviam continuar a girar pois a vida dependia disso, sim senhor. Botai sentido! Eles não conseguiram parar as máquinas! Ninguém se lembra desde quando as máquinas estão a girar. E eles não podiam pensar na vida sem elas. Então as pessoas trabalhavam mais do que nunca para manterem as máquinas a funcionar. Em todos os lugares os produtos destas máquinas se acumulavam e ficavam em pilhas, de modo que a terra em toda a parte estava cheia de lixo e, neste, os povos viviam, andavam, dormiam e, assim como eu, fizeram as suas casas. Grandes avenidas eu vi, bloqueadas por montes de lixo. Também vi pessoas deitadas nas ruas, famílias inteiras sentadas na calçada, todas desocupadas com estes frutos da máquina, fechados nos seus *envólecrus*, a seus pés. Os povos suspiraram de tristeza e ficaram doentes. *Estaindes* a ver, a água que não flui gera *pestilhência*. E *pestilhência* havia! *Pestilhência* da alma em toda a parte! Todas as pessoas estavam viradas para as ruas, cansadas de servir a Máquina. Ninguém sabia como parar a rotação da Máquina. E assim uma grande doença da alma caiu sobre os povos. Grandes crimes sem sentido foram cometidos, de modo que os vizinhos não mais se conheciam e a confiança não existia em lugar algum, a não ser que portas e janelas estivessem trancadas com barras de ferro. Irmão voltou-se contra irmão, filho contra pai. Esta foi a punição por terem renunciado a Deus e entristecido a Natureza!" Gritou ele à multidão. Mas a multidão estava em fluxo, passando, apenas alguns pararam por curiosidade e só por um minuto aproximadamente. Apenas Inigo permaneceu, quase religiosamente, até ao fim.

"Eles disseram que as máquinas funcionavam sozinhas, no entanto isso era uma mentira. Sim!" O homem gritou agitando um dedo ameaçador. "A verdade, meu povo gentil, era que as máquinas se alimentavam de sangue. Sangue! Por Deus! E o que os líderes fizeram foi outra coisa horrível. Aqueles que se cansaram dessa vida, *enxergainde* bem, os melhores de nós, foram levados sob a lei para saciar a ira da Máquina. E isto era considerado lícito e a mais alta justiça. Era terrível de se ver! E aqui nos nossos próprios territórios, gente, os vossos filhos, as vossas esposas e vós também, todos entram nessas máquinas—fábricas e fábricas de máquinas—para as servir. Por toda a parte, fábricas, fábricas...por toda a terra, onde máquinas estão alinhadas em longas filas e colunas que nunca têm fim, grandes matadouros de pessoas. Eu tenho três camisolas e dois pares de calças, senhor. Eu uso-os em mim. E isso é suficiente para mim. Eu não preciso de mais, senhor, obrigado. Eu não posso levar mais. E todos os que vejo têm mais do que eu, e eles também não precisam de mais."

Examinando a multidão, os olhos do homem brilharam sobre Inigo. Este rapidamente se afastou. Não queria ser escolhido, tornado cúmplice da insanidade do homem.

"O mundo não precisa de mais calças," continuou o bêbado, e esta era a parte favorita de Inigo, poder-se-ia dizer. Como o refrão de uma canção, foi o que primeiramente chamou a atenção. A paixão do homem, o ritmo do seu discurso, o timbre da sua voz, a hidrotecnia do cuspe estavam todos a chegar ao ponto culminante. Arrogante, balançando-se, qual ginasta... em cima do palanque, exasperado, batendo com um soco na palma da outra mão para pontuar cada novo item na lista, ele prosseguiu: "...mais camisas, mais camisolas, mais meias, mais mesas, mais cadeiras, mais televisores, mais rádios, mais sapatos, mais camas, mais chapéus ou qualquer outra coisa, senhor. As ruas estão cheias destas coisas que as pessoas deitam fora por já as terem em demasia. Torna-se difícil caminhar, por causa de todo o lixo que existe nas ruas. E, no entanto, as máquinas continuam a girar e a produzir mais. Todos os dias elas fazem mais. E todos os dias elas produzem furiosamente, como se fosse uma corrida. Uma corrida, meu povo gentil! Correndo e correndo todos os dias para obrarem coisas que as pessoas não precisam— mais calças, mais blusas, mais camisas, mais sapatos, mais mesas, mais brinquedos e itens para decoração e adorno. Correndo para se fabricar haveres, quando as ruas em todos os lugares estão cheios deles e cheios daquela parte que não é queimada nos *encineradores* de lixo do governo. Nós os fazemos, então nós podemos queimá-los! Por Deus! É loucura! Eu não preciso deles e vós também não *precisaindes* deles. No entanto, as máquinas estão cada vez mais rápidas na sua rotação. E as pessoas comuns dão o seu sangue para que essas máquinas possam funcionar. Aonde isto vai acabar, meu bom povo? Aonde isto vai acabar? É hora de algo novo. *Repensainde* as coisas, digo eu. Vejo um homem a chegar. Um homem terrível. Morte na sua alma e sangue por onde ele passa. Ele faz o céu vermelho e para onde ele vai a terra é carbonizada...”

❧

INIGO, através da multidão e pelas ruas, marchou precipitadamente. Atrás dele, o louco pregador descia do palanque. À frente, as pessoas saíam do seu caminho. Havia uma expressão no seu rosto que fez com que todos lançassem um relance de olhos. Eles não sabiam para onde ele se deslocava, o porquê de tanta pressa. Impetuosidade! Impaciência! Isso era tudo. Louco, às vezes resmungando para si mesmo, ele caminhava: um andar inconsciente, morto para o seu entorno, o rosto pálido do sonhador de efialtas, ardente, poderoso, carregado... Primal!

Ele se questionou: Será que eles o teriam pressentido também? Será que eles o viram tal como o louco proselitista; já sentiriam o seu cheiro, de algo estranho e novo, nos seus narizes? Era ele essa nova forma terrível de homem? Ele tinha a certeza de que estávamos todos a ser dirigidos nesse sentido, e se eles detectaram um pouco mais desta singularidade no seu modo de andar, então Inigo interpretou isto erradamente—se de facto ele poderia considerar que era um erro—como se de uma forma de respeito se tratasse. Através do mercado e do tráfego, ele empurrou insensivelmente o que lhe obstava. Não muito tempo depois, ele chegou ao seu apartamento sublocado.

No seu quarto, ele sentou-se. Quem vai nomear os horrores sem fim que possuía a sua mente quando ele ficou sentado sozinho, sem encontrar conforto e sem paz de espírito? Fervendo, a sua alma ardeu. Ele queria encerrar-se, subir um pico alto, sair desta vida mundana—como ele a via. O mundo era tão diferente do que ele sentia por dentro. A beleza que ele imaginava, impossível para a brutalidade das pessoas, deixava-o irritado. Até a luz do dia parecia repugnante. Ele puxou as cortinas e esperou pela noite, para a escuridão cair e envolvê-lo no silêncio. Aquele desfile diário, de homens de fato e buzinadelas, motoristas agressivos acelerando de prédio em prédio, continuaria com toda a sua agitação e ruído insuportável. Esta máquina continuava rolando com o seu pulsar inexorável de tráfego e adrenalina carregada de cafeína, como se nada importasse: *é essa* a crueldade insensível. Ele estava consciente dessa raiva que gerava dentro dele novamente. Desta vez, quiçá, ele não iria sepultá-la na sua bílis.

Os seus olhos, negros como o cabelo dele, eram grandes, extraordinariamente brilhantes no momento em que ele ali estava torturado. A sua testa, alta e nobre, ostentava inteligência, e a boca e o nariz, especialmente o contorno para o lábio, denunciavam uma paixão feroz. Estas eram as suas características. A sua expressão: ranzinza. Ainda assim, o seu rosto manteve aquela distinção—uma natureza pura e imaculada entre coisas vis. Ele definiu-se naquelas coisas que ele mesmo negava, os básicos entretenimentos das massas: eventos desportivos, música popular, filmes, videojogos, livros de contos...mas também álcool e drogas e os bares e clubes onde as pessoas da sua idade se encontravam... Normalmente, isto é, em circunstâncias normais, ele poderia ser considerado elegante. Elegante nos seus modos—lentos e ponderados—e no seu vestuário, sempre cuidadoso da sua aparência, orgulhoso e limpo como se fossem virtudes em si mesmas. Mas havia o olhar de um homem velho nos seus olhos mesmo naquela época: era já um cheiro de decadência. Era o olhar do seu tio, aquela sombra e escuridão que havia penetrado no âmago dos seus ossos e o destruído por dentro. Sim, estava nos seus ossos também, ele notou na maneira como andava, curvado, chicoteado por um mestre invisível. Todavia, casado com essa tristeza, decidiu não ser testado. Um palpite de algo temerário. As chicotadas não conquistariam a sua submissão, apenas o enfureceriam. Ao contrário do seu tio, ele ainda era jovem. Ele não tinha sido quebrado e não cederia. Isto deu-lhe a aparência de um homem no exílio, um olhar despojado do qual ele muito gostava. Ele pertencia a um tempo diferente. Ele era o seu próprio mundo, um mundo em si mesmo. Sim, ele foi vaidoso. Na sua juventude, depois do banho, depois de aparar as unhas, ele olhava para as mãos virando-as perante os olhos aprovadores, satisfeito com a força, satisfeito com a fina forma, e admirava, admirava por minutos a fio, virando as mãos repetidas vezes no seu exame: Para que foram feitas *estas* mãos? Mãos como estas. Elas poderiam ser as mãos de um artista; elas poderiam ser as mãos de um médico. Elas eram fortes, amplas o suficiente, se bem que os dedos eram longos. Elas poderiam balançar um martelo, bem como traçar a linha do bisturi. Elas deleitavam as mulheres, estas mãos. Mulheres-feitas frequentemente as procuravam, observando o quanto eram suaves. Estas mãos eram suficientemente sensíveis para acariciar delicadamente—ele gostava de passar o dedo sobre o texto em livros como um cego, como se as pontas dos seus dedos pudessem ler imediatamente a página pelo relevo da tinta. Isto era sensual, ele queria sentir as palavras, tocá-las... Estas mãos, se revolvidas o bastante, também poderiam matar, estrangular, esmagar.

Já faz algum tempo que, apesar da sua natureza consideravelmente pacata, momentos houveram em que a expressão dos seus olhos parecia ser dominada por algo selvagem. Nestas alturas, a suavidade no seu rosto retirava-se completamente e assim também se assemelhava ao irmão do seu pai, ou aos traços do seu pai que ele dizia a si mesmo que via no seu tio. Ele se *sentiu*, como se se reconhecesse de repente naquele rosto. Tinha o seu lugar no mundo. Era o rosto dele. Não do seu pai, nem do seu tio, nem de mais ninguém. A vida e o mundo estavam nessas circunstâncias a dar-lhe forma. Os golpes que recebera acima do olho, ainda sangrando, eram o trabalho de corte do cinzel.

-》《-

ELES vieram depois da luta ter finalmente chegado, quando a guerra não era mais somente na televisão. Era sábado, o mercado estava lotado. Quando o choque passou, todos começaram a limpar, a arrumar as pedras e o entulho de um lado e os corpos do outro em pequenas fileiras como as letras que ele tinha aprendido no começo da escola. Isto é o que nos é ensinado e, portanto, ao que voltamos em tempos de confusão, pensou ele. Lembrou-se da sua mãe, colocando as batatas, as cebolas, a farinha e todos os enlatados, como ele fizera com as letras no seu caderno. Tal como os soldados que logo viriam, marchando e estagnando de pé em filas. E todas as vezes que o seu pai relatava a luta, pois era uma abordagem inevitável, a sua mãe voltava para a despensa e para os stocks, colocando-os de novo e recontando da mesma maneira como ele revisava os exercícios da escola na mesa da cozinha. Essas foram as últimas lembranças acerca da sua mãe, cada uma delas preparando-o para a guerra como bons comandantes militares. Ele pôs em ordem as suas letras para cima e para baixo na página e a mãe pôs em ordem as ervilhas enlatadas, ao lado das ameixas secas, ao lado das latas de farinha e do saco de açúcar que brilhava como os cristais ao sol. Nesse tempo haviam lembranças pontuais e desconexas de um avião, de sumo de laranja frio que ele nunca tinha provado e de dor nos ouvidos durante a travessia do oceano. Já todos tinham desaparecido excepto o seu tio, o qual, ainda jovem, tinha chegado pelo oceano num barco a vapor, muito tempo antes. E este não era um lugar para um menino, disseram as irmãs do seu pai. Terra sem oportunidades. O Canadá—a palavra deve ter-lhes sabido como maná pelo jeito com que a expressaram—estava longe. Longe! Mas o sangue do seu povo estava mais forte no seu coração do que todas as coisas. Ele não sentiu isto ao início. Tudo era insólito. As ruas aprumadas, as fachadas comerciais de vidro reluzindo e as lâmpadas suspensas; isto era como o paraíso deveria ser, pensou ele. Na escola, para onde ele foi enviado, tudo estava ordenado e arrumado, tudo em filas e pilhas; e um horário determinado através de sinos, assim como deve ser o céu—uma ordem celestial em suas classes e fileiras enquanto se aguarda a chamada antes da marcha em fila única para a sala de aula e para os respectivos assentos, como os soldados esperando para morrer; e os seus cadáveres no chão diante das abertas valas comuns, como as latas na despensa da sua mãe e as lições no seu caderno. Demasiado distraído foi ele lá mantido. Ele divertiu-se com os seus jogos e aprendeu as suas lições. Mas isso acabou, e na vida fora do pátio da escola fazem-se outros jogos e aprendem-se lições diferentes. As únicas pessoas em quem se pode confiar seguramente são aquelas que acreditam em algo maior do que elas mesmas. Elas pensaram na História e na Eternidade, e o seu lugar nestas. Mas há que manter tais assuntos em segredo. Não se sai por aí proclamando tal ponto. As pessoas preocupam-se quando se fala sobre isto. Cria suspeição no trabalho; ridiculariza mesmo. É sempre melhor guardar para si próprio, a menos que se encontre pessoas que entendam. Mesmo assim...

Não era ele um homem que havia deixado o rebanho? Embora ele escondesse estes tormentos que assolavam o seu peito, embora ele lutasse consigo mesmo e mantivesse as suas paixões sob controlo, ainda restava este gosto do perigo em redor dele— uma sensação de céu turbulento e forças elementais espreitando por baixo desta quietude—que era como o tumulto do mar na borda do país do seu povo, cujo sal corria no seu sangue. Talvez eles já soubessem o que ele não poderia saber, porque ele estava muito próximo de algo inelutável—possivelmente esse homem terrível já estaria entre eles. Minutos atrás, eles viram como ele se movia pelas ruas: que ele não se importava com o mundo dos trajes, do comércio e das buzinas de motoristas. Ele não parou nem olhou para as coisas usuais, para as vitrines, para os cartazes de filmes ou para as jovens bonitas. Eles não podiam entendê-lo. Para ele, a roda da vida rolou incessantemente, dentro e fora dos momentos perdidos, fazendo um grande barulho e quebrando tudo. Mas ele estava intocado. Jovens mulheres olhavam para ele e os olhos ficavam-lhes pesados. Estes olhares, do seu próprio desejo... Uma mulher, um amigo poderia tê-lo salvo... Mas tudo isso foi inacessível, tão distante e vago quanto a promessa do Céu.

Havia probidade nele. Isto podia ser a fonte do problema. Ele tinha sido um bom menino—um bom menino para todos, para os seus professores, para o seu tio, para as senhoras do bairro que o observavam a transitar todos os dias e não tinham medo de lhe pedir ajuda quando precisavam. Obediente. O que significava isto? Como era isto levado em conta? Aquela expressão nos seus olhos...Viam-no a passar por baixo das suas janelas e sorriam. Não baixavam as persianas como faziam com os outros jovens. Estes deslocavam-se em bandos, ele andava sozinho. Enquanto criança, ele recitava as suas orações todas as noites, tal como a sua mãe lhe tinha ensinado. O ritual da cerimónia moveu-o. Ele era assim mesmo: rubor e sensibilidade de cima a baixo. Que absurdo lhe parece agora! Naquele tempo um jovem promissor para os seus professores e anciãos—brilhante, dedicado, sério... Ele tinha sido tudo isto. No entanto, deve ter havido algo mais nele. Algo que o fez desviar-se de tudo isso. Inicialmente foi impulsionado à sedição e depois ao isolamento, virando as costas à sua promessa, na companhia dos seus pares. A mesma coisa que fez o tio conjecturar se não haveria algo errado nele. Estava ele de coração partido? Oh! Não seria agradável se estivesse! Que história requintada se criaria! O coração do herói perfurado pela flecha venenosa; dele, o coração demasiado puro para este mundo!

Náo. Se ele fosse um herói, seria num campo de batalha diferente. Aonde quer que ele tenha ido: desencantado, olhando por cima de tudo com um olhar lânguido e indolente. Ele não era mais qualquer uma destas coisas: promissor, sincero... mas um jovem que não se encaixaria. Ele recusou-se a trilhar o caminho, vagueou apenas para se perder e depois para redescobrir que a sua dissociação tinha cristalizado, como o açúcar na despensa e a forma das letras nos seus cadernos de exercícios. A lição fora aprendida e a palavra cinzelada na tabuinha. As letras estavam todas em desalinho. Elas tinham caído do seu poleiro nas páginas pautadas. Explosivas detonações tinham agitado e derramado no chão o conteúdo da despensa.

O resultado foi tão impiedoso e cruel quanto qualquer absurdidade. Todas as despensas e páginas pautadas—quão boas eram elas? Pior ainda era a totalidade daquelas lições. O que eram elas, afinal, senão mentiras arbitrariamente escolhidas? E até mesmo as suas inocentes orações infantis, puras como tinham sido, o que poderiam ser senão a mentira que se transformou em si mesma? E isso é o que ele foi, de repente percebeu! Ele tinha interiorizado essas mentiras ansiosamente. Assumiu aquele roteiro alinhado e catalogou a despensa de maná para nutrir o seu ser interior. A sua paisagem mental tinha sido meticulosamente ajardinada até que nada, excepto estas letras ordenadas e lições pautadas, poderia surgir dentro dele e criar raízes. E assim se tornou na personificação da mentira. Percebendo isto, vagueou pelo jardim pontapeando o solo e dilacerando, pelas raízes, toda flor fétida e deliciosa que ele já suportara: a mentira transformou-se em si mesma.

Talvez tivesse existido dentro dele, outrora, uma distinção especial de carácter, alguma graça incomum, conforme aparentava; mas há muito tempo que tinha desaparecido qualquer arrependimento por ter perdido tal característica. E mesmo se ainda permanecia nele a semente daquela qualidade que ele tão bem tinha aparentado, germinando lá nalgum Inverno da alma, que leva os homens ao heroísmo, à humildade, à grandeza e à destruição—uma busca incansável pelo duradouro, se tal havia, ele estava inconsciente disso. Porventura a própria obtenção de um estado causa a inconsciência disso. O centro não está ciente do movimento. Tal como na roda, uma das metáforas favoritas dele para enquadrar todos os argumentos, todas as questões morais. Tudo foi uma roda para ele. A roda da Vida, a roda do Amor, a roda da História, a roda do Tempo, a roda da Indústria: tudo girava. Mas este sentimento foi mais como um fogo que cauterizou todo o contentamento, fez com que os olhos se voltassem para o céu com o desejo de possuir a sua extensão profunda e alongada. Se ele pudesse lembrar-se, ele também sentiria aquele vazio dentro do seu ser que fez a mente girar sobre si mesma com a necessidade avassaladora de ser o seu próprio mestre, sondar o segredo das suas profundezas e arrancar a sua tristeza pela raiz. Mas o que ele perseguiu tinha depois retrocedido a partir do seu avanço para uma distância imperturbável, para ficar tão enigmático e inefável como sempre em divertido desafio aos seus esforços. E quantos mais passos ele dava na sua perseguição, mais apertada era aquela malha que detinha a residência da sua ferida até que uma tensão foi criada e tempestades foram desencadeadas, as águas explodiram e todo o mundo à sua volta mergulhou na escuridão impenetrável. É assim que um jovem com toda a promessa do mundo nele poderia ser encontrado à tarde, deitado na cama, meditando com os olhos luminosos de febre, nada fazendo, virando as mãos repetidas vezes, imaginando para o que teriam sido feitas. Mas todas as promessas e esperanças do mundo não seriam suficientes para que ele se preocupasse em abrir a sua correspondência, planear o futuro, administrar a sua conta corrente, acreditar no seu governo e pagar os seus impostos, integrar-se no trabalho e estender um sentimento convivial de vizinhança em torno da sua casa—isto é, um apartamento num prédio de um quarteirão de apartamentos. Que voz tinha o indivíduo? E se a tivesse e fosse tão alta quanto mil trovões... ninguém a ouviria. Não, ele preferiu indispor-se com o seu governo, com qualquer governo e as suas bases de dados, lições e páginas pautadas. Suspeição em qualquer parte: identidades falsas, avatares, anonimato online e o seu telefone, o seu próprio telefone, poderia ser usado como dispositivo de escuta e rastreamento com um simples comando via Provedor; desconfiando das câmaras CC no final da rua onde estava o seu apartamento, acerca das quais é suposto sentir-se comunal, supondo que acredita nas mentiras alinhadas da lição e que não vive no Technicolor paranóico como se fosse um estilo de vida; confiando na convicção das suas ilusões acima do que o seu governo lhe reportava. Um jovem comum, talvez como a sua geração, imprevisível, distante, inescrutável. Não se podia mais falar dele com convicção. Um véu, impenetrável pelo olho, descera sobre ele. Até mesmo o seu tio fez questão de mencionar a mudança e o seu rebate para isso. Não—não mais aquele rapaz simples mas um jovem que de repente se viu sem palavras; um jovem de repente encontrado em pé, olhando silenciosa e vagamente como se parte dele, a melhor parte dele, estivesse noutro lugar, ouvindo algo que ninguém ao seu redor podia ouvir.

※

ELES insultaram-no novamente no trabalho. E quando foi ridicularizado, ele sorriu. Ele sorriu como o seu tio o teria feito. E sorrindo com a vergonha do insulto saiu do quarto e viu o seu rosto reflectido no vidro da porta: o rosto do seu tio.

Sozinho naquele momento, pensando nisso, ele estava envergonhado. Estava envergonhado acima de tudo pela sua própria cobardia, por aquele seu sorriso bajulador, de modo que já era tempo de parar de culpar o seu tio . Ele queria atacar. Mostrar-lhes. Amor pelo seu tio enobreceu o sentimento, justificou-o. Lembrou-se, vividamente ainda, de como o seu tio costumava sorrir, não—como se estivesse fora do seu controlo—com a cabeça e os olhos baixos para todos os funcionários do consulado. Ele sentia-se menos do que eles? Como podia ele...?

De volta aos seus aposentos, ele sentou-se à janela olhando para a parede do prédio oposto. O que estaria a procurar? Ele não mais se lembrava. A caminho do trabalho, depois de suportar as provocações..., passou pela casa de recrutamento outra vez. Pensou em caminhar até à porta e corou de orgulho. Frequentemente se perguntava que tipos de homens eram eles. Eles entenderiam? Eles apreciariam a sua seriedade, o seu senso de honra? Um verdadeiro soldado, um herói, sentiu ele, deve ser puro em seu ser. Considerou-se assim. Tal coisa era rara e ele sentia que reconheceriam isso. Não eram heróis que eles estavam procurando? Heróis que eles celebravam? Eles recompensam e comemoram os seus sacrifícios, assim chamados. Mas ele sabia, ele entendia—não era um sacrifício. E toda esta adoração do herói não passava de um eco fraco e de um artifício desnecessário. A glória terrena não era apenas uma vaidade, era uma vaidade em vão. Um propósito maior deve necessariamente informar e determinar este mundo.

Atrás dele, num canto, nas sombras do seu quarto... Ele estava ciente de uma presença odiosa. Ele contraiu isto no trabalho sem saber. Permaneceu com ele, atrás de cada passo dele, na sua sombra, respirando onde ele respirava, vivendo como ele vivia, espreitando, perseguindo-o—este espírito de zombaria. E então isto ali estava com ele no quarto, naquele exacto momento, silencioso e invisivelmente agachado num canto de onde observava atentamente, estudando-o por sinais de vacilação, observando pacientemente. Falava com Inigo—embora este se recusasse a ouvir—provocando, rindo, como os colegas de trabalho... Mas na generalidade, Inigo parecia satisfeito com a presença do espectro, vivendo este entre as suas coisas, compartilhando o seu espaço, alimentando-se da sua própria pessoa. Isto seguia Inigo por toda a parte, pacientemente confiante, captando cada palavra, seguindo cada olhar, marcando cada gesto.

Mas agora ele sabia o nome do espírito. Não deveria ter sido tão confiante este espírito de zombaria nem tão ousado a segui-lo nos seus aposentos. Aqui, Inigo estava no seu domínio e podia impedir a entrada de toda a distracção. O inimigo estava encurralado. O caçador tornou-se a presa. Ele tinha encontrado o nome do demónio deste espírito e assim ele podia exorcizá-lo. Orgulho! Isto era Orgulho. Ele poderia escrever na areia e passar com a mão. Apenas assim, e todos os espíritos zombeteiros desapareceriam. Ele sabia disso; os seus poderes e habilidades que ele compreendia eram muito subtis para o demónio. Ele sentiu que era soberano do seu ser. Não, o inimigo não sabia com quem estava a lidar. E isto ainda lá estava quando a noite caiu e as sombras vieram rastejando através do rosto do jovem, o qual durante todo este tempo estava sentado em silêncio olhando para um canto da sala onde as sombras pareciam reunir-se um pouco mais.

Há dias que não descansava bem e não demorou muito para que o peso do sono chegasse sobre ele. Ele não resistiu ao puxão mórfico deixando que o derrubasse, permanecendo atento ao seu funcionamento, sempre consciente de estar à deriva enquanto se aproximava do adormecimento; mantendo a sua mente alerta enquanto se sentia cada vez mais sem forma consoante mais perto do portão estava. E como aquele portão estava a aproximar-se, a definição do mundo estava a diminuir. Em breve tudo isto nada significaria. Apenas alguns momentos atrás, ele pensou que deveria explodir com a sua fúria no mundo. Agora ele sentia que estava a pairar. Os seus membros estavam a pulsar, e nada mais era real, mas esta onda de vibração subia e descia pelo comprimento do seu corpo. A sua mente foi puxada para um dreno. Naufrágio e vertigem. Ele começou a girar. O chão foi sugado debaixo dele. Então a cadeira, em que ele estava sentado, cresceu abruptamente e afundou-se debaixo dele levando-o; seguidamente o seu animal de estimação acantoado—pois imprevistamente o espectro tornara-se o seu animal de estimação e Inigo tinha-lhe afeição—e o quarto com todos os seus móveis também foram levados. Eles tombaram violentamente caindo rapidamente na escuridão. Não fizeram qualquer som.

II
O SONHADOR

Inclinou-se, levantando a lanterna e colocando a luz sobre o rapaz. Ele rosnou quando olhou para o jovem e depois inclinou-se mais ao perto, de modo que os seus narizes se tocaram. "Tu! Tu aí!"—Vociferou ele com voz irada, apontando para o moço com a lanterna e sacudindo o sino mais alto que nunca. "TU!"

Ele estava a sonhar. Esse mesmo sonho novamente, recorrente, circulando noite após noite: ele o prisioneiro existencial num pesadelo da sua própria criação. Uma vez mais, essa sensação de familiaridade, como se ele já tivesse estado lá antes, embora não reconhecesse a rua nem a cidade. A noite caíra e acima deles brilhavam as estrelas—frios e duros pontos de luz cintilantes que ele veio a conhecer mais tarde na vida, nos frios céus de Inverno do norte, e não no telhado saliente e dourado da sua infância. Ele tinha sido reduzido a um colegial: de novo nos seus calções e sapatos patentes, com a sua mochila de couro batido pendurada no ombro da jaqueta do uniforme. Calça cinza, permanentemente pressionada com aquele vinco no meio do joelho, e camiseta azul-marinho. Novamente na escola, com todos aqueles pães-de-leite Charleses e Joneses, com aqueles catálogos Eaton e Sears cheios de "mães Smith," altas, esbeltas e com as unhas pintadas, e os seus lanches "Homem-Aranha", com sandes de pão-de-leite fatiado com manteiga de amendoim, bem embalados e selados, ao contrário das suas sandes embrulhadas em jornal, cheias de sobras da noite anterior, que o seu tio lhe ensinara a preparar para si mesmo. Não importava o quão cuidadosamente ele as escoasse, o quão parco nas suas porções, elas ainda pingavam gordura, tresandando o dia todo na sua mochila impregnando os seus cadernos com esse cheiro.

O seu tio também lá estava. Isso foi novidade. Com o boné de um sargento no topo da cabeça, elevando-se acima da estatura do seu rapaz, ele mostrava-se carrancudo sobre um terceiro homem—o pregador mendicante da arca de leite da Praça de St. Phillip. Este parecia ter estado a beber outra vez, olhando fixamente, silenciosamente, absorvido, com o seu rosto amadeirado como o de um Indiano. O seu tio que o tinha pelo colarinho parecia estar no acto de interrogá-lo. O escudo no boné do sargento ardia na sua cabeça. A sua testa estava húmida de suor e todo o rosto estava vermelho como se estivesse chamuscado ou cozinhando lentamente sob aquele escudo em chamas. Testando a sua paciência ainda mais, estava o pregador da Praça de St. Phillip a mijar em si mesmo. Mal conseguindo ficar em pé, o velho amiudadamente agarrava o seu tio em busca de apoio, ao que o seu tio contra-atacava com um golpe de bengala na cabeça do outro. Todos os três estavam sob a luz de uma lâmpada de rua para que o seu tio pudesse examinar melhor o homem. Ninguém mais estava à vista. A cidade estava deserta, como nas outras vezes em que ele sonhara. As portas das casas que se alinhavam na rua estavam fechadas e todas as persianas das janelas estavam cerradas. Por cima deles a lâmpada da rua era circundada pelas mariposas. Ele podia ouvi-las batendo contra o vidro luzente; o quanto sossegado estava...

Aos pés deles, estava estendido um animal exânime. A circunstância da expirada carcaça na rua e os modos específicos de como ela lá chegou naquele estado eram a causa da comoção, do boné do sargento na cabeça do tio, do escudo ardente e corrosivo comendo a sua pele, da suada testa da cor de beterraba, e do colarinho do zelote proselitista bêbado. Ele permaneceu no meio dos brados deles no seu sonho, mal alcançando os quadris adultos na sua estatura de rapazinho. Entrando para uma melhor olhadela, ele viu um cordeiro com um luxurioso casaco branco, lindamente manchado com o vermelho do seu sangue. Ele observou o animal estrebuchando com os seus últimos suspiros, ofegando, convulsionando impotentemente en-quanto a vida dele fluía, derramando o princípio de existência para a rua e escorrendo para a sarjeta até à última gota. Os seus olhos, paralisados nalgum objecto invisível, já tinham aquela qualidade vítrea que brilhava com a luz emprestada de um mundo distante de fantasmas e morte. Às vezes, a sua cabeça sacudia espasmodicamente por nenhuma razão discernível e aquele olhar assombrado de pânico nos seus olhos intensificava-se.

O seu coração de menino afundou-se ao ver o animal. Ele queria consolá-lo, levantá-lo e enrolar a lã nos seus dedos, porém sabia que era proibido fazê-lo, que o seu tio com o boné de sargento na cabeça não aprovaria. O seu tio parecia furioso; ele estava a olhar hostilmente para o velho bêbado, e toda a sangradura e balido de ovelha causavam-lhe uma expressão de extrema irritabilidade.

"Anda daí e conta a tua história," ordenou o tio severamente.

"O que nós temos aqui," explicou o homem, apontando para o cordeiro, "é um caso simples de justa *euconomia*." O bêbado franziu os olhos, colocou um dedo no ar, ergueu uma sobrancelha e acenou com a cabeça. "Cada homem tem o *recurse* à Lei," continuou ele com uma grave elevação da sua sobrancelha esquerda. "Um olho por um olho e um dente por um dente—e lá tudo isso, uh-huh... E todos os dentes sendo iguais... Os pecados devem ser punidos, *concordaindes?*"

O tio e o seu sobrinho concordaram, assim como qualquer pessoa numa noite como aquela.

"Bem então, um homem comete um pecado, *estaindes* a ver... Ele deve então pagar pelo cometimento do pecado. *Podendes* dizer que dependendo do grau e assim em diante, um certo número de um tipo de pecado equivale a um dente, certo? Certo! É por isso que os velhos não têm dentes. É por causa dos seus pecados que eles ficam malvistos nas suas vidas, entendestes? Então um homem peca e deve pagar o preço pelos seus pecados. Mas o que acontece quando ele nada tem para pagar pelos seus pecados? O que acontece quando não tem mais dentes, ou ouro nos seus cofres, ou petróleo nos seus campos?"

Inigo tinha a certeza de que ninguém poderia saber a resposta para tal pergunta. Ele olhou para o tio em busca do impossível, porém o seu tio ficou em silêncio, olhando directamente para o velho com toda a paciência intolerante de um juiz.

"Bem então, o Cordeiro deve pagar pelos pecados daquele homem, *percebendes*? E se vós não *pagares* pelos vossos pecados, então o Inimigo arresta-vos, porque aquela balança está a favor dele. *Euconomia, vendes?* Assim, o Cordeiro deve dar o seu sangue pelos pecados do mundo, ou o Mal subirá directamente e levará os homens. De qualquer forma deve ser pago— que seja apenas justo. Um homem tem o direito de ser pago e obter o que vem a caminho. E isto deve ser através de cordeiros, *sabendes*, só o sangue inocente é desejado; pois o sangue corrompido não fará o trabalho propriamente dito. E quanto mais inocente melhor é o que eu digo. Então eu estou a matar cordeiros para proteger o rebanho do mal, porque esses cordeiros são puros. Eu mato os cordeiros para pagar pelos pecados do homem. É um trabalho terrível! Toda essa guinchada e sangue deles! O trabalho do exército não serve para todos, não senhor." E ele começou a mostrar ao homem com o boné de sargento como o cordeiro guinchou. Ele colocou as mãos em volta do pescoço, balançou e convulsionou o seu corpo. Ao mesmo tempo ele deu um grito estridente através da sua boca completamente aberta.

Indignado com esta exibição, o seu tio ergueu o braço e outra pancada da bengala caiu sobre o crânio do outro.

"Bem, toda esta matança é o suficiente para se ficar estranho na cabeça," resumiu o bêbado, esfregando o crânio.

Naquele momento, o vulto que Inigo esperava, estava a contornar a esquina no fim da rua. Caminhava devagar, mancando penosamente, sacudindo um sino vigorosamente no ar com uma mão e segurando uma lanterna diante dele com a outra enquanto subia a estrada em direcção a eles. Sacudiu o sino. "Clang! Clang!" Soou o sino. Soou tão alto que assustou Inigo. O seu pânico cresceu como sempre. Ele sabia que a figura escura se aproximava lentamente, corcunda, tocando o sino numa mão, segurando a lanterna na outra, mancando horrivelmente. Imediatamente, lamentações temerosas e berros horrendos ouviram-se por toda a parte. As persianas abriram-se e as mulheres estavam nas suas janelas a agitar os seus lenços no ar e atirando as suas crianças mortas para a rua no intento de parar a aproximação do homem. Mas ele passou por cima dos infantes como se não os pudesse ver. Ele continuou a vir. Nada parecia capaz de detê-lo.

Inigo não podia aguentar muito mais disto. O corcunda vinha directo para eles. Inigo escondeu-se atrás do tio como se este fosse um escudo. Passado algum tempo, ele olhou pelo canto do olho para ver se o corcovado tinha ido embora. Em vez disso, o corcovado estava bem ao lado dele, olhando para ele com um rosto horrivelmente desfigurado, caroços na testa, cataratas nos olhos... Os seus dentes estavam tão desordenados que a sua mandíbula não se fechava e a baba escorria de lado pelo queixo. Uma deformidade grotesca e lamentável curvou as mãos em garras, e porque as suas mãos deste modo se tornaram inúteis, ele ficou louco pelo desejo impotente de estrangular. Isto, mais do que a sua aparência, o tornava monstruoso. Grande paixão canalizada num único objecto transforma homens em gigantes e monstros. Estes são os arquétipos e os ciclopes que assombram a nossa pré-história, os quais o rapaz sentiu. A sua estrutura tremeu. Isto o convulsionou incontrolavelmente, como se alguém o estivesse a sacudir pelos ombros. Inigo tentou esconder-se. Mas era ele quem esse corcunda viera ver.

Ele parou diante do moço. Inclinou-se, levantando a lanterna e colocando a luz sobre o rapaz. Ele rosnou quando olhou para o jovem e depois inclinou-se mais ao perto, de modo que os seus narizes se tocaram. "Tu! Tu aí!" vociferou ele com voz irada, apontando para o moço com a lanterna e sacudindo o sino mais alto que nunca. "TU!"

-∗∗∗-

DE VOLTA ao reino do substancial e corpóreo, o sonhador assustado durante o sono surgiu das profundezas do seu sonho. Os seus lábios mexeram-se. "Sim… Sim! Eu!" Sussurrou ele, e depois sucumbiu ao sonho de novo.

No seu antigo escritório dos seus aposentos na universidade: O ar estava parado e o campus permanecia abandonado durante o longo fim-de-semana. A luz do sol lá fora brilhava intensamente. As cortinas estavam fechadas e as vidraças abertas. Nenhum som flutuava do lado de fora, todavia o clarão da luz explodiu no espelho da parede oposta. Lençóis frescos no leito conscienciosamente feito. O quarto em si era limpo e arrumado. Todas as prateleiras estavam livres de poeira. As roupas estavam no armário; os sapatos estavam ao lado da porta, cada sapato ao lado do par; e apenas os seus livros estavam espalhados em desordem. Um livro grosso estava aberto na cama, outro no chão, e ainda outro na mesinha-de-cabeceira junto a uma bandeja com uma jarra de água e um copo.

Mas apesar da limpeza—apesar dos pisos serem varridos e lavados todos os dias—no seu sonho, ante uma rachadura nas tábuas do piso no centro da sala, duas baratas loucamente circulavam entre si com excitação frenética, pulando desvairadamente em círculos sobre o pequeno buraco e com impunidade, como se estivessem acostumadas à segurança, valendo-se do silêncio e da inactividade do ocupante da sala. Durante o seu sonho ele podia ver-se, como se por truque de cinematografia: sentado à escrivaninha, curvado em concentração, lendo e trabalhando febrilmente, debruçado sobre a sua literatura, tão absorto que não dava atenção aos insectos que andavam com grande liberdade atrás das costas, bem ali na sala. Desprezadas por ele, elas circulavam e corriam por aquele buraco com louco frenesim quando, de repente, uma delas parou e se ergueu sobre as suas pequenas patas de insecto, levantou-se e começou um discurso na sua pequena voz estridente. "Inânia!" Proclamou. "Inânia, inânia! Tudo é em vão!" E a segunda barata, parando em contemplação das palavras da primeira, também se levantou nas suas pequenas patas de insecto. "O que é torto não pode ser endireitado e o que falta não pode ser contado", respondeu no mesmo tom de voz esganiçada. Ambas desfrutaram de uma risada estridente, voltaram para o buraco e voltaram a levantar-se um momento depois. "Todas as coisas são preenchidas com labor; o homem não pode proferi-lo," disse a primeira, a quem a segunda respondeu: "O olho não está satisfeito em ver, nem o ouvido se enche de ouvir." "Eu vi as obras que são feitas sob o sol..." professou a primeira. "...e eis que, tudo é fatuidade e vexação de espírito," respondeu a segunda. E depois juntas em coro: "Inânia, inânia! Tudo é em vão!" E com este pequeno diálogo completo, elas desapareceram no buraco rindo dele.

Ele acordou do seu sono totalmente desvairado. Sobressaltado, saiu a correr pela porta e fugiu para a rua.

III
O HEROI

"Eu lembro-me de tudo. Tudo está registado. O puro estado do Ser sem limites escapa-me. Eu nunca sou novo, nem tampouco renascido como deveria ser. O meu passado cerca-me, molda-me e determinaria as condições do meu renascimento se eu conseguisse alcançá-lo. Para um homem todas as coisas são levadas em conta, e coloca-as em pequenas fileiras esmeradas, como produto no interior de frascos para ser usado mais tarde. Eu rememoro. Eu memoro novamente. Eu separo, desmonto, remonto, reúno o que o Tempo e o nosso Senhor separaram. Sim, e eu me delicio com essa maldade e vivo com fantasmas, os inimigos famintos e uivantes."

Através do mormacento ar matinal e da fraca luz alaranjada do amanhecer, ele andou. Os seus passos não eram apressados nem lentos mas regulares a ponto de serem meticulosos. Os seus olhos mortos fixos adiante num ponto distante emprestaram-lhe novamente a aparência de um sonâmbulo, como de alguém que caminhava automaticamente—a mente desconectada do corpo. O militar já entorpecido ao hábito da marcha, inconsciente dos seus pés, apanhado subitamente numa máquina que se locomovia para onde era dirigida, ele percorreu as ruas, morto de novo para a sua circunjacência. Estava então acostumado com isto—a andar pelas ruas durante horas. Foi a única maneira de encontrar algo parecido a diafanidade.

Chegando ao parque, ele virou e chegou ao centro dos terrenos onde ficava a estátua do Herói.

Acima dele, aparecia o impressionante monumento de bronze, maior que a vida, o conquistador no seu cavalo. Negro, tempestuoso e feroz no auge da Vitória, o garanhão erguia-se nas patas traseiras, com os cascos dianteiros oscilando no ar, desafiando o abismo, as narinas dilatadas de fúria, os dentes impudentes expostos em deferência às rédeas do dono; os seus olhos portentosos, largos, loucos, prontos para mergulhar de cabeça no abismo... No alto da sua sela, o general arrebatado sentava-se alto e imponente. A sua sobrancelha alta, o seu nariz romano, a sua cabeça levantada, o seu queixo para fora, os seus lábios comprimidos numa linha fina de paixão negra e o seu rosto torcido e brilhando com o fogo do desejo que ele espreitava do seu alto assento—o Herói. Com um aspecto feroz, selvagem e faminto, cavalgava com a testa franzida pela concentração, olhos fixos no objecto final com aquele aspecto de luxúria de batalha forjado para sempre no seu olho de bronze. A sua espada Excalibur, a sua extensão fálica—uma coisa linda forjada do melhor metal que a terra já havia arrotado dos seus recessos—estava erguida acima da sua cabeça, em desafio a tudo o que ainda tinha que ser pisoteado sob os cascos da sua besta, pronto para atacar, cortar, mutilar, matar pela maior glória de todos nós, como os banqueiros nos fariam acreditar.

Como ele se sentiu desesperado! Seria melhor vegetar no seu quarto, ainda que atormentado, desamparado e amofinado por pensamentos sombrios? Os pensamentos eram meros fantasmas sem substância, coisas vazias e sem força quando despojados da convicção que os impele ao reino da acção. Mas ele veio para o monumento porque sabia: ele sabia que o herói não tem pensamento que não seja acção. Contemplação, hesitação, consideração cuidadosa, examinando ambos os lados da situação: estas são coisas que te matam num combate. Olhando para fora, o Olho do Herói trancou-se no horizonte distante, o rosto tenso e rígido, com um propósito terrível, enquanto gotas de perspiração, de fosco bronze, salpicadas com o cinza e branco da merda de pombo escorriam pela sua testa radiante. Homem e Besta feitos unidade na alquimia do herói, para o "lucro e matança de cordeiros". Isto é o que ele aqui veio ver novamente afinal de contas. Não apenas para ver mas para estudar e apreciar, até mesmo exaltar acima dele. O Herói tinha restabelecido a mente ao seu lugar legítimo: um instrumento para coordenar os sentidos, planear e criar estratégias. Isso era tudo. Pensamentos, sonhos, dúvidas, perguntas, memórias, todas essas coisas que a mente gerou são a própria doença... Ou tinha o herói respondido a todas essas perguntas, saciado todas as suas dúvidas e vivido todos os seus sonhos? A pergunta deixava-o perplexo (todo o seu ser girava em torno de um questionamento tão vazio) durante todo esse tempo, ele sabia que ter a pergunta era já sintomático da doença. Que ironia! Um círculo e uma roda, uma vez mais. Como parar isto?

"Se o teu olho direito te leva a pecar, arranca-o... Se a tua mão direita te fizer pecar, corta-a...?" Não foi isso o que eles disseram? E o espírito e a alma? E se eles transgredirem? Então expulsa-os. Exorciza-os. Exorciza a tua própria alma, se puderes. Corta o cordão, corta o elo que causa descontentamento e passa das coisas na terra sólida para os ares vazios e frios de mentiras e paraísos vagos. O espírito podia ser um inimigo. Ele tinha experiência disso. E ele tinha ouvido falar disso nos relatos da vida dos santos e dos profetas. O testemunho desses loucos deveria ter sido suficiente. Toda a parte principal da literatura religiosa, os livros sagrados, os diários místicos—todos os contos de advertência são mal interpretados. Se ele pudesse destilá-la à sua essência, seria: Olha aqui, lê isto. Desliga-te da natureza humana, persegue as tuas ilusões e tu vomitarás a loucura e a fala monstruosa, não apenas sofrerás o tormento da insanidade mas serás perseguido por ela também. Estas questões fazem murchar a felicidade engolindo o contentamento e a paz até as teres materializado. Atira-se e vira-se á sorte no sono. Inquieto, é-se levado da paz da casa e dos entes queridos para paisagens frias e áridas ou desertos solitários, para a solidão e pináculos de montanha e para o isolamento em cidades populosas, em busca de algo desconhecido, indefinível, irreal e, no final, talvez insubstancial e de pouco benefício. Isto sussurrava-nos coisas melhores, visões mais puras, de maiores alturas; e envenenou tudo o mais singelo—envenenou alegrias simples e honestas, penetrou nos nossos felizes leitos, nos nossos aconchegantes esconderijos, nos nossos abraços, nos nossos risos. Por que perseguir esta imagem fugaz em penhascos montanhosos como os místicos fazem na sua demanda? Foi a mesma coisa afinal? Um impulso comum canalizado de forma diferente? ...Aquilo que impulsiona o místico para a fria e cinzenta pedra confinada de claustros e para as sorumbáticas sombras da mente meditativa é o que atrai o Herói das belas cidades para as neves sem trilhos dos picos das montanhas, para privações e sofrimentos, para a solidão e para o seu desolado fastígio no topo da Vitória. Por que, então, procurar respostas que não são encontradas em lugar algum ou se importar com a vitória de uma coisa sobre a outra quando havia um mundo cheio de cores para deslumbrar os olhos, um mundo de sons e melodias para agradar os ouvidos? A futilidade em tais questões! Tudo à volta dele eram aromas e fragrâncias para fazer o espírito de um homem flutuar acima dele, e o toque e as carícias das mãos e da carne existiam para fazer esse espírito planar a grandes alturas. O mundo poderia ser um lugar agradável. Ele estava apenas esperando que isso fosse um novo começo para si. "Um novo arranque," como ele ouviu muitas vezes dizer. A sua febre foi-se e os seus estudos estavam por detrás dele. Ele viveria a vida com simplicidade; levar as coisas conforme elas vinham; desistir de se preocupar e de debater. Talvez ele se casasse. Já era hora de ele se acalmar, supôs. Fazer o seu dever, agir com responsabilidade e tudo isso. Às vezes, essa imagem de felicidade doméstica acalmava-o. Mulher e amor silenciariam essa turbulência. Ele esperava por isso, mesmo sabendo, sentindo que era uma fuga e uma ilusão; que uma mulher coloca um homem a dormir, que isto é o que acontece se ele não for cuidadoso; que dormindo, ele sonha por toda a sua vida, olvidando para nunca mais recordar. Os homens punem as mulheres por isto e mantêm-nas afastadas. Ele viu isto, entendeu isto, talvez até simpatizasse, embora soubesse que o erro estava com os homens e as suas próprias naturezas mais grosseiras. Pois não é a mulher que coloca um homem a dormir, mas a saciedade e não qualquer outra razão. A culpa é deles se eles se entregarem à facilidade e engordarem, colectando pedras na vesícula, usando uma camisa de gola abotoada à mesa de jantar e pondo uma perna no colchão nupcial. Liberdade é abandono, mas onde estava a liberdade de se abandonar a algo?

Sim, talvez isso possa ser um novo começo. Deixaria para sempre atrás dele as suas reflexões secas e sem sol e o claustro sombrio e pedregoso da sua mente. Ele deixaria ir. Ele faria vir algo positivo de toda essa alienação e sofrimento. Não seria em vão. Foi contra isso que ele lutou: o vazio, o vácuo de significado envolvendo cada tiquetaque do relógio.

A visita do seu tio quebrara o feitiço e dera-lhe forças para deixar a sua melancólica cama. O seu tio estava preocupado com ele, confessou. Este homem que o criou sem, no entanto, o ter desejado fazê-lo. Ele lembrou-se, logo após a sua chegada: "Memórias. Recordações. Estamos tinindo, matraqueando, calandrando, crepitando máquinas de impressões gravadas," pensou ele com desgosto. "Perdoe-me tio, estes são os meus pecados: Eu lembro-me de tudo. Tudo está registado. O puro estado do Ser sem limites escapa-me. Eu nunca sou novo, nem tampouco renascido como deveria ser. O meu passado cerca-me, molda-me e determinaria as condições do meu renascimento se eu conseguisse alcançá-lo. Para um homem todas as coisas são levadas em conta, e coloca-as em pequenas fileiras esmeradas, como produto no interior de frascos para ser usado mais tarde. Eu rememoro. Eu memoro novamente. Eu separo, desmonto, remonto, reúno o que o Tempo e o nosso Senhor separaram. Sim, delicio-me com essa maldade e vivo com fantasmas, os inimigos famintos e uivantes." Ele lembrou-se, sim. Mas por quê isso e por quê nesse momento? Ele havia esquecido isto— um pote empurrado para a parte de trás da prateleira da despensa. Foi há muito tempo. Ele era uma criança no seu uniforme de estudante, novamente o mesmo uniforme como no seu sonho. O seu tio vestiu-lhe o uniforme escolar, embora fosse domingo. De seguida, a barbearia em Marie-Anne perto de todas as padarias e talhos Portugueses. O seu tio, ele mesmo, penteava-o aplicando a sua saliva para alisar o cabelo rebelde do rapaz. "Vai escovar os dentes e tenta sorrir, por amor de Deus," dissera ele. Uma roliça senhora rosada veio fazer uma visita. Ela cheirava a limão e a verniz de móveis de penhor e trazia uma caixa de doces. Ela deu-lhe uma palmadinha na cabeça. Agitou a mão dele. "Oiláaaa. Como estás tuuuu, rapazinho?" Chá. O seu tio comportou-se de maneira estranha, sorriu demais, parecia nervoso. Verteu o chá transbordando um pouco, escaldou o pulso e depois: Profanidade. Ele lembrou-se, sempre houve muita profanidade. Profanidade enquanto trabalhava, profanidade ao ver televisão, profanidade ao pequeno-almoço, profanidade ao jantar. Mas a mulher perfumada de limão, com o cabelo grande e os olhos pintados, e retinindo, terlintando, trincolejando de jóias chocalheiras, fez uma careta de desaprovação. O tio pôs uma mão no coração e a outra no ombro dela. "Peço perdão, peço perdão. Um homem morando sozinho esquece-se rapidamente." "Mas tu não estás sozinho," lembrou-lhe ela. "Tu tens o teu sobrinho." "Sim, sim, mil perdões." Ela sorriu, contorceu-se no seu assento, sorveu o chá. Conversa, conversa, conversa... Eles conversaram. A camisa que o seu tio tinha colocado para ele usar já não lhe servia. O colarinho irritava-o. Ele estava desconfortável. O estranho encontro parecia não ter fim. Esperou que chegasse a hora em que pudesse sair daquelas roupas. Então o chá terminou. A rosa, a roliça e rosada senhora levantou-se para sair. As suas jóias tinindo e tilintando enquanto ela se levantava. As coisas não tinham corrido como o seu tio desejara. "Tu gostarias de ficar comigo, homenzinho?" Perguntou ela. Terror e susto pressionando a bexiga dele e incomodando os seus olhos. À porta: "O que devo fazer? Ele não dá ouvidos, você não entende? Apenas não escuta. Eu vou dizer uma coisa. Ele olha para mim com olhos esgazeados e nem sequer acena com a cabeça ou diz uma palavra. O que devo fazer? Você deve levá-lo. Você deve. Eu vou providenciá-lo, claro. Não se preocupe. Mas você vê? Nós éramos todos homens na minha casa. Eu não sei como lidar com este tipo de assunto. Ele não presta atenção. Apenas não presta atenção. Ele é um bom menino, de facto. É quedo. Lamenta-se à volta da casa. Espera por mim à porta. Deus me acuda. Eu tenho que voltar para casa directo do trabalho todos os dias. Não sobe sem mim. Você entende?" Grande mão endurecida sobre a testa: Frustração. "O que pode um homem fazer? Não é um trabalho de homem, pois não? Deus no céu, o que devo fazer? Bom nas suas lições, de facto. Top na sua classe. Mesmo. Criança brilhante. Você tem de me ajudar." "Sinto muito. Sinto muito." Fora da porta. Profusas desculpas. Bate a porta logo a seguir. "Desculpe, diz ela! Desculpe. Então eu estou... Para onde estás a olhar? Traz doces! Isso vai ajudar-me." O tio abre a caixa. Doces no interior. Diferentes formas, diferentes cores. Doce, doce e doce. Chocolate também! Vai para o quarto de banho. Deixa cair o conteúdo na sanita. Descarrega. Veste uma jaqueta. Sai. Estará de volta tardiamente. "Tens fome? Desenrasca-te," diz ele. "Não deixes a porta do frigorífico novamente aberta. Presta atenção ao que te digo. E sai dessas roupas. Tu não és filho de médico."

Cuidando dele estava o seu tio. Um bom homem por qualquer padrão. Ele tentou imaginar isto: um homem na posição do seu tio. Trabalhando na fundição diariamente, para voltar para casa com as mãos de pele espessa, inchadas para cuidar de uma criança. Mas ele fez à sua maneira tudo o que podia. A sua mão suja e gordurosa e a espessa palma calejada estendia-se para gentilmente segurar a do menino sempre que atravessava a rua. Levava-o ao médico, também. Lembrança. Quando a criança teve uma tosse ruim. Tirou uma folga do trabalho. Deu o remédio ao menino de uma garrafa escura com uma colher de sopa. A grande e áspera mão de couro levou lentamente a colher aos lábios, derramando a garrafa: Profanidade.

Ele podia virar uma nova página. Um presente para o tio dele. Tinha de compensar todo o carinho daquela desajeitada mão de couro. Ele tinha-se esquecido de todos os insultos no trabalho, de como eles começaram a zombar dele abertamente em grupo, de toda aquela raiva e da sua própria irrelevância no mundo que o fizera fantasiar sobre vingança. E essa mudança não poderia ter ocorrido em melhor hora. Ele arriscou cair novamente naquela depressão opressiva, aquele velho desespero pesado, preguiçoso e sombrio que tinha na cama, definhando com febre. Não, não era orgânica essa doença—ele estava em boas condições fisicamente. Sem queixumes. Aquela febre negra que o deixou acamado foi provocada por uma melancolia baixa e sorumbática. Pois a mente afecta a saúde. Como não colapsaria sob o terrível cansaço pesado e sufocante que se apossara dele silenciosamente como uma sombra? Como não seria afectada a sua saúde se o seu espírito era turbulento e esta perturbação tão grande que ele não conseguia encontrar descanso ou paz de espírito? Então ele ficou deitado na cama sem nada para acalmar o tumulto, nada para consolá-lo e atrair a sua mente da escuridão que se tinha apoderado dele, do vazio que o havia engolido.

A picada da vergonha da memória... Como todos esses assuntos obscuros prendiam a sua mente! Isso o encheu de auto-aversão e repugnância de se lembrar de si mesmo. E aquele homem! Aquele homem que o confrontou. No dia seguinte, ele ouviu falar daquilo; e não pôde evitar ir lá e ver com os seus próprios olhos. A visão daquilo! Pendurado lá, torcendo ao vento...

Ele levantou a cabeça para afastar a sua mente da lama em que nadava. Muito tempo ele estivera sentado e pensando. No seu rosto pingava toda a acrimónia e na sua alma toda a acerbidade: os seus lábios deformados com desprezo e o seu nariz torcido com o desgosto que sentia consigo mesmo. Como estava profundamente dentro dos seus próprios pensamentos, demorou algum tempo até que ele notasse a criança em pé a apenas alguns passos de distância, a qual o observava atentamente durante os últimos dez minutos.

"O que é a vida para uma criança assim?" Ocorreu-lhe na mente. "Que perguntas, se houverem, a marcam? É assim que se deve ser: livre de perturbações, feliz, abstraída. A contemplação só trouxe preocupação, e o aumento da sabedoria só vexação, assim diz a máxima. É melhor ser descuidado, imprudente e jovem do que ser velho, sábio, amargo e vexador. Saúde, vitalidade, desejo pela vida eram todos perdidos na busca da compreensão."

Mas a criança estava tudo menos pensativa. Ele olhou para ela novamente, de perto, enquanto ela olhava para trás com os olhos inquisitivos de uma criança e a testa examinadora e franzida de um adulto.

Os seus pais, ao lado dela, estavam em altercação de casal. Estava acalorada. Ela ficou ao lado deles, esquecida nas argumentações. Excepto pelo pestanejar e um ligeiro recuo da sua cabeça sempre que a voz do seu pai aumentava, Inigo não podia ver nenhuma outra reacção da criança. O homem estava rancoroso; a mulher tremia visivelmente. O rosto dela estava vermelho escuro. Também ela estava com raiva. A sua beleza começara a murchar e a dobrar sob o peso esmagador do amor e das suas exigências.

O homem bradou uma última exortação e parecia prestes a cobrar sozinho, quando a sua esposa, chorosa então, colocou a mão dentro da dele. Inigo viu o efeito que isso teve no homem. Foi imediato. O toque dela... O rosto dele descaiu. Olhando para a esposa, ele de repente se arrependeu. Recuou e soltou um suspiro profundo. A mulher deu um passo em direcção ao marido, colocando o braço dele no seu ombro. Eles abraçaram-se. Seguidamente ele puxou a cabeça para trás e falou com ela em voz baixa, confidencialmente. Ainda abraçada, ela acenou com a cabeça em concordância.

IV
O SANTO

*Claro, o Universo e o Tempo são sencientes. Eles provocam-
nos. E com clareza têm Mente e uma Mão nos assuntos
dos homens. Todos nós somos joguetes do tirânico destino.
E esta mente, esta mão, se se concordar que existem,* não
são *humanas, nada como nós. São maldosas, caprichosas
e ensinaram-nos a ser de igual modo; não nascemos assim,
pois entrámos no mundo inocentemente, livres de avareza
e ódio. É apenas a experiência do Universo que nos ensina
a ser de tal modo.*

nigo olhou para o céu. O sol tinha refrangido num canto de onde o vento soprava. Logo o sol também lá brilharia. Esta promessa de um raio de sol foi o toque final. Tal como o casal, também ele estava reconciliado com a sua ira e em paz com as suas paixões. Não importava que a pausa da chuva fosse breve e que o descanso fosse curto; coroou e completou o seu retorno dos seus caminhos escuros e nebulosos para a luz da paz e da felicidade. Toda a literatura que ele pesquisou, os livros que ele havia roubado da biblioteca—ele *tinha* de roubá-los para cobrir os seus rastos; ele não podia meramente subscrevê-los—e até o panfleto no seu bolso e, nas suas horas mais sombrias, as fantasias que ele reflectia enquanto estava febril na cama… Coisas frágeis, monstruosas e mesquinhas—ele sabia muito bem! Cenas de vingança, de vitória na arena, enquanto todos os que ele conhecia assistiam das arquibancadas. A puerilidade disso! A crueldade também. Pois nessas cenas ele fazia os seus inimigos sofrerem. Era degradante. Ele jurou que largaria aqueles modos de uma vez por todas.

Ele cruzou a rua com a sande embrulhada na mão, passando com cuidado por cima das poças. Virou e reentrou no parque. Sentia-se bem. O seu apetite tinha sido restaurado lembrando-se dos vendedores do outro lado da rua, e então carregando o embrulho quente na sua mão, o cheiro penetrante de cebolas grelhadas, ele sentiu a saliva acumulando-se no fundo da sua garganta. O seu estômago roncou e ele resistiu à vontade de desembrulhar a sande ali mesmo e colocar os dentes nela. Tinha a certeza de desfrutar melhor sentado tranquilamente no seu banco. O sol ausentara-se. O cinzento das nuvens finalmente separou-se revelando abertas de azul profundo e infinito. E em todos os lugares tudo brilhava enquanto os sons chegavam aos seus ouvidos—o jorro das águas da fonte, o bater das asas e o chilrear dos pássaros, o riso de crianças brincando, os chamamentos de animais—todos se regozijando com a vida.

E as cores! Nunca as tinha visto? Esteve ele cego todo este tempo? Ele estava a vê-las pela primeira vez—o branco vibrante da plumagem dos cisnes, o verde bruxuleante da folhagem, o azul infinito dos céus, a iridescência de tudo o que estava molhado, mesmo a leve mudança de cor no ar ao redor das cabeças das pessoas.

Ele olhou novamente para os passeantes que passavam por ele. Perdido, ido, era aquela velha misantropia. Como se, ao mesmo tempo e do nada, a multidão tivesse saído para aproveitar o sol. Ele já não os via como predadores malvados, ardilosos, dissimulados, mas sim como seres majestosos,nobres, mesmo como incarnações divinas da natureza. As pessoas passeavam vagarosamente, sorrindo e rindo, segurando as mãos e cingindo proximamente os seus entes queridos. As crianças corriam em jogos no deleite de estarem ao ar livre novamente. Os amantes beijavam-se sob a cúpula dourada do céu. Eles sorriam e inclinavam as suas cabeças para trás com prazer. Caminhavam como reis pelos jardins do parque, curvando-se para colher flores, sorrindo para estranhos ao longo do caminho.

Ele continuou feliz, não mais aquele passo regulamentado, mas de modo pacífico, inocente de si mesmo outra vez. Ao chegar ao seu banco, sentou-se, desembrulhou a sande e começou a comer. Ele não se importava com o gosto suspeito ou com a carne seca e fibrosa. Ali assentado, sem pensamentos na sua cabeça, somente luz aprazível, vazio de caprichos, sorrindo pelo prazer de sorrir, eis senão quando, aproximou-se dele novamente a criança que ele tinha observado inicialmente. Também ela estava deliciada com a luz do sol, pulando divertidamente, ziguezagueando pelo caminho e a relva alternadamente.

A criança deu um arranque quando o viu e parou por um momento com um pé no ar. Ele a observava enquanto ela brincava fingindo ignorá-lo. A menina curvou-se para colher um dente-de-leão sob o olhar atento de Inigo. Separou as pétalas amarelas do caule, uma a uma; e depois disto feito, ela habilmente apertou o bulbo entre o polegar e o dedo indicador até que a corola voou da sua haste. Ela assistiu à queda no chão, absorvida naquela acção, perdida no que parecia ser um jogo; e então de repente arreguilou-se como se lembrando de si mesma e continuou a pular, andando no relvado atrás do banco, escondendo-se atrás dele.

Ao lado dele, ela parou para colher outra flor. Lentamente, timidamente, ela virou-se para ele com a flor junto ao nariz como se a snifasse, mas escondendo-se por detrás.

"Qual é o seu nome?" Perguntou ela.

"Eu sou Inigo," respondeu ele.

Ela olhou novamente para o chão. "O meu nome é Regina."

"Estou muito agradado em conhecer-te, Regina," disse ele sorrindo para ela.

A garota olhou para ele por detrás da flor e devolveu um sorriso tímido. Então, tricotando as sobrancelhas, ela rapidamente afigurou-se séria: "Não devo falar com estranhos. Tu és um estranho?"

"Sim, sou."

"Oh," ela exclamou com surpresa. Ela estava pensativa, olhando para o chão; e então com a cabeça inclinada para o lado, ela levantou os olhos e olhou para ele de novo por detrás da flor. "Vamos ver Jesus," disse ela muito casualmente.

"Oh?"

Ela tirou a flor do rosto e fingiu estar ocupada com o chão a seus pés. "Hoje é o dia em que o meu avozinho morreu quando eu era muito pequena e não me lembro dele, mas vamos agora ver Deus que cuida do avozinho."

"Entendo. Então tu vais à igreja?"

Ela assentiu. "Sim. Estamos todos a ir. Tu não vens também? A mamã disse que todo o mundo vai."

Ele enrolou o embrulho da sande moldando uma bola apertada e pôs no bolso. Sentando-se, ele sorriu para ela de novo. "E Deus está lá?" Perguntou à menina em divertido gracejo.

Ela levou a flor ao nariz novamente. "Ele está em *todo* lugar, tonto. Tu não sabes disso?"

"Em todo lugar?"

"Sim."

Ele fingiu admiração. "Mas eu não o vejo... Tu consegues vê-lo?"

"Oh, ele esconde-se, é claro."

A esperteza da criança estava a encantar e olhando para ela sentiu o enlevo do que era ser inocente novamente.

"Por que está ele a esconder-se?" Perguntou

ele. "Ele está a esconder-se de ti?"

"É um jogo, tonto. Para ver se somos bons. Se o víssemos, seríamos bons todo o tempo. Desta forma, ele pode realmente saber, com toda a certeza."

"Estou a ver... E tu..."

"Ele é alto," interpôs ela. "Ele é muito, muito alto. Ele tem o cabelo bonito e os olhos muito lindos. E ele é muito rico," asseverou ela.

"Muito rico? Mesmo?"

"Oh, o mais rico," assegurou ela. "Ele tem tantas coisas, todos os melhores brinquedos, e a casa dele é a mais grandiosa. Um dia, se tu fores bom, ele vai deixar-te morar na sua casa com o avozinho e brincar com todos os seus brinquedos. Ele é muito rico. Ele vem da América," acrescentou ela friamente.

"América!" Ele ecoou e riu.

"Sim, como o meu tio Tito. Ele é muito rico também. Todos são ricos na América, tu não sabes? És tão tonto," disse ela. "Tu não sabes nada. Adeus!"

"Espera. Tu estás certa," disse ele. "Eu não sou rico, mas vou comprar um brinquedo para ti. Vês o homem ali?" Ele apontou para o vendedor com o seu carrinho no outro lado do caminho. "Ele vende brinquedos para as pessoas brincarem no parque. Talvez tenha uma linda bonequinha? Tu gostarias disso?" Perguntou ele indicando ao longo do caminho.

"Eu quero uma bola de futebol!" exclamou

ela. "Bonecas são para bebés!"

"É claro que são," disse ele. "Peço desculpa."

⁓⟫⟪⁓

NO seu banco, ele observou a criança a fugir, chutando a bola diante dela. Terminou a sua sande, mastigando com aquele ar feliz e contente que era tão atípico nele. Ele deu graças na sua cabeça, graças por ter sido capaz de se libertar da escuridão, graças por crianças como a que ele tinha acabado de conhecer; de modo que ainda havia espaço no mundo para pequenas alegrias como estas. Ele sentiu-se inteiro de novo, quase bem o suficiente para voltar ao trabalho e ao seu triste apartamento subarrendado e prosseguir. A sensação de libertação foi avassaladora. Avivado, isso o fez querer pular, correr para alguém e colocar a sua vida nas mãos de outrem. Por que não? Ajudar alguém, qualquer um, ser um irmão para o órfão, um abrigo para o sem-tecto, um amigo para aqueles que estavam no lado de fora da vida, alienados, desligados como ele tinha estado. Ele levantou-se e caminhou até ao sítio onde a criança tinha estado, curvou-se para a flor com a qual a criança brincara e, segurando-a na mão pensativamente, sorriu com os agradáveis devaneios evocados.

Foi neste estado, nesta fase, com estas reflexões de contentamento e acção de graças nadando na sua cabeça ao pé do lago, que ele foi repentinamente arrancado do seu ditoso onirismo. Através do parque veio o grito de uma mulher. Ele ouviu o guincho dos pneus...nada...depois um grito angustiado muito pior do que o primeiro. Estridente e desesperado, aquele grito subiu no ar e pareceu derrubar o céu com ele. Um medo e uma sensação de alarme surgiram nele. Inigo estava sobressaltado em estado de alerta. A sua recente paz e felicidade, ainda palpitante, parecia estar ameaçada, como se este grito prometesse acabar com tudo, como se fosse a trombeta de um querubim anunciando o fim. Ele olhava apavorado ao redor, girando em torno de si mesmo duas ou três vezes. Ele não via nada! Mas o clamor e os sons de agitação chegavam a ele novamente, embora isto parecesse não ter direcção definida. Ele captou vislumbres através dos arbustos de pessoas a correr. Ele esforçou-se para ouvir, suspendendo a respiração. Os burburinhos eram dificilmente discerníveis, como sussurros transportados pelo vento. Eles escarneceram-no. Importunaram-no e gozaram com ele. No começo estavam atrás dele. Depois pareciam sair do lago. De seguida das árvores...

O seu coração estava na sua garganta, batendo lá alvoroçadamente. Os seus punhos estavam cerrados em firmes bolas de osso. Ele deu três passos tímidos e depois inclinou-se para correr. O caminho abriu-se. Logo, as árvores não mais obscureceram a sua visão e afastado da curva julgou discernir algo. Houve um rebuliço e uma multidão de pessoas começou a reunir-se.

Estourando como um canhão, ele lançou-se para a frente em desvario e disparou em direcção à multidão. Ele chegou lá em segundos. Algo estava à espera no interior daquele círculo e ele tinha mais do que uma suspeita quanto ao que era—ele tinha uma intuição, como se ele soubesse desde sempre—como se uma voz lhe tivesse sussurrado um aviso que ele tinha ignorado e tentado esquecer. Ele estava lutando. A sua coragem falhou. Ele tinha esquecido o seu herói e o olho brônzeo. Os seus joelhos enfraqueceram, depois cederam enquanto corria para o círculo de dorsos. Ele tropeçou para o chão, caindo para a frente impotente como um idiota bêbado, raspando as palmas das mãos na tentativa de conter a sua queda. Ele estava inopinadamente relutante e com medo, contudo levantou-se e seguiu em frente. Precisava de saber e afastou os circunstantes para o lado, empurrando enquanto desobstruía um caminho para si mesmo numa sofreguidão para chegar ao centro.

"O que aconteceu? O que aconteceu?" Estava na sua garganta mas não conseguiu pronunciar as palavras. Ele olhou os circunstantes no rosto, nos olhos, na boca, esperando uma resposta que não veio. Em vez disso, ouviu a voz de uma mulher ferida de mágoa enquanto ele abria caminho. Como a mente dele, as palavras dela repetiam várias vezes. "Eu apenas virei as costas por um segundo, um segundo."

Ele estava tresloucado quando chegou à circunferência interior. As adagas estavam nos seus olhos novamente. A sua intuição falara e ele suspeitava de algo que não podia perdoar. Com o nariz erguido em desafio, ele projectou a cabeça pela multidão e entrou na clareira.

Então ele viu—e o tempo parou para ele, permitindo-lhe digerir a visão, para ter total consideração, de modo que nenhum erro pudesse ser cometido, de modo que a sua apreensão dela fosse completa e total. Ele viu isso. Ele viu, embora não estivesse disposto a acreditar nos seus olhos—o corpo imóvel da criança com quem estivera antes. Ele suspeitara de alguma forma, como se a sua alma sempre soubesse disso mas se recusasse a aceitá-lo; e nesse instante a visão enviava-lho cambaleando em sua mente. Claro, o Universo e o Tempo são sencientes. Eles provocam-nos. E com clareza têm Mente e uma Mão nos assuntos dos homens. Todos nós somos joguetes do tirânico destino. E esta mente, esta mão, se se concordar que existem, não são humanas, nada como nós. São maldosas, caprichosas e ensinaram-nos a ser assim; não nascemos de igual modo, pois entrámos no mundo inocentemente, livres de avareza e ódio. É apenas a experiência do Universo que nos ensina a ser de tal modo.

⚜

O MOTORISTA ficou parado, também destroçado com a cabeça entre as mãos. A culpabilidade já o fazia lançar o olhar de soslaio para todos. A mãe da criança estava no chão ao lado dela, a cabeça da criança no colo.

"Eu estava com pressa. Eu não a vi. Ela não deveria ter estado a brincar ali."

"Não, ela não deveria," alguém na multidão concordou.

"Esta é uma cidade; as crianças não deveriam poder correr por aí livres assim."

"Ela ficará bem em pouco tempo. Estou certo disso. Onde está a ambulância?"

"Eu não sei onde ela arranjou a bola. Não é dela... Onde conseguiu? Donde veio? Eu não entendo..." A sua mãe chorava. "Por que está a ambulância a demorar tanto?"

Inigo virou-se e foi embora. Praguejou e amaldiçoou. A lembrança dos olhos da criança quando esta olhou para dentro dele retornou para ele com aguda vivacidade e dor. E enquanto andava furioso, um horror inconcebível a apenas alguns metros de distância chamou a sua atenção. Atrás dele estava a multidão e a criança morta, e à frente dele um cão pária rojava-se pela calçada até ele. Com a espinha quebrada no meio das costas, arrastava-se para a frente propelindo as patas dianteiras e levando de rastos a metade sem vida atrás. Essa cena foi horrível, especialmente à luz da sua inanidade. Pois este animal lutava estupidamente, inocentemente impulsionado por um instinto cego de sobrevivência e não por qualquer outro propósito na sua vida excepto medir o seu tempo em momentos agonizantes, uns após outros. Parado nos seus trilhos assistiu com horror todo o sofrimento sem sentido do animal. O cão aproximou-se dele, arrastando-se através do saibro e da poeira apenas para lamber os sapatos em apelo desesperado. Ele poderia colocar o pé na cabeça. Um stomp da bota...bateu a bota; um golpe de morte e tudo estaria acabado. Em vez disso, ele baixou-se até ao rafeiro e deu-lhe uma palmadinha na cabeça.

"Que idiota sou eu!" Disse ele em voz alta, sacudindo a cabeça em amarga angústia enquanto pensava na felicidade leve e fácil que ele estava a sentir somente alguns momentos atrás. "Que grande idiota!"

Nenhuma das alegrias anteriores voltava para ele, mas sim aquela mesma paz que sentia recentemente. Se ele não tinha as respostas que procurava, parecia saber na medula dos seus ossos que a busca era fútil. Era um nó que não podia ser desatado.

V

A CRIANÇA

Era um coração doente, *como uma rosa que se dobrou. A luz tinha sido excessiva, os ventos muito intensos. Ele era muito sensível. A sua pele era a susceptibilidade reagente, mutável e decisória na mundivivência. Sentiu isso ali parado. Para ele o mundo estava congelado, no entanto a chuva ainda estava a cair. Sentiu-a a cair sobre ele como os golpes de milhares de pequenos punhos batendo na sua cabeça.*

or algumas horas, ele caminhou e vagueou, vacilando para a frente, tropeçando pelas ruas escuras e atalhos da sua mente, afundando-se continuamente num estado de abatimento enquanto percorria o caminho pela cidade. Deixou que o seu humor o amargurasse enquanto andava; e lembrando-se repetidas vezes do sofrimento que inadvertidamente causara à criança, ele meditou sobre a crueldade e inanidade sem sentido que parecia ser esta vida recaindo novamente para a lembrança dos insultos que recebera no trabalho e de todas as suas assombrações favoritas, até que uma ferocidade selvagem em relação a tudo começava a assomar sobre o seu temperamento.

Começara a chover de novo—ele não conseguia lembrar-se desde quando. Chovia a cântaros sobre a cidade com tal clamor e força que parecia que o céu estava a cair. Não tendo qualquer cuidado com os elementos ou com o estado da sua pessoa, ele ficou na rua longe dos toldos onde as pessoas se aglomeravam. Em poucos minutos ficou encharcado até ao osso. E com as chuvas vieram os ventos quentes e húmidos. O calor era opressivo e o ar tão pesado que ele sentiu que estava a arrastar algo atrás dele enquanto caminhava. Mais forte do que a sua paixão e da deglutição da sua ira foi a profunda fadiga que se instalou e lhe roubou todo o poder de acção. Pensou na criança e no pária, porém ao seu redor sentiu o peso e o imediatismo daquele céu como se este o estivesse a pressionar até que a lembrança do acidente se tornasse algo indefinido. Ele manteve a imagem na sua mente mas perdeu o seu significado e logo foi ofuscado pelos sonhos, os sons da rua e a visão enevoada. Esta nuvem quente e espessa, que era o ar que ele respirava, fatigou-o ainda mais atraindo-o para uma espécie de sono ambulante. A chuva deveria ter aliviado a humidade opressiva, no entanto isso não aconteceu. E enquanto ele olhava vagamente, vendo-a cair e cair sem apagar o fogo e lavar o seu fardo, a sua vontade rendeu-se e a última das suas coibições estava a dissolver-se. Ele ficou lá por um momento, sufocando com o ar pesado e o ruído da chuva caindo. Poderia ser? Perguntou a si próprio. Ele lembrou-se de como se tinha sentido anteriormente. Ele poderia desprender-se de uma vez por todas. Quão efémero seria tudo isto se ele simplesmente se marimbasse! Estas birras—é o que elas eram! Elas nada eram além dos espasmos de um coração pueril. Não, nem isso. As crianças sabiam melhor do que ele. Era um coração *doente*, como uma rosa que se dobrou. A luz tinha sido excessiva, os ventos muito intensos. Ele era muito sensível. A sua pele era a susceptibilidade reagente, mutável e decisória na mundivivência. Sentiu isso ali parado. Para ele o mundo estava congelado, no entanto a chuva ainda estava a cair. Sentiu-a a cair sobre ele como os golpes de milhares de pequenos punhos batendo na sua cabeça.

Começou a andar de novo. Tudo a respeito dele era a pressa da água caindo e os sons dos pés e dos carros chapinhando nas poças d'água. Considerando que, outrora, a multidão consciente do seu olhar feroz o evitara, ora então, abatido e miserável como ele parecia estar, andando na chuva sem propósito, ninguém lhe prestava atenção. As pessoas andavam e passavam por ele a correr rapidamente sob a chuva, encontroando e embatendo nele, empurrando e impelindo-o para lá e para cá naquela azáfama. Mas ele não estava consciente de coisa alguma. Não viu as pessoas nem as poças em que ele continuamente punha os pés. A sua cabeça começou a doer. Ele podia sentir a sua mente latejando na sua prisão, batendo rebeldemente nas suas têmporas. Podia não fazer caso, cair na indiferença. Deixaria o mundo criá-lo à sua imagem, em vez de insistir em que o mundo fosse moldado na forma que ele procurava obter. "Nós criamos o nosso mundo." Quantas vezes o disse para si próprio? Então o que o definiu senão estas birras, esta insistência, esta dor pulsante e o contínuo ruído da confusão das ruas e da chuva que o debilitavam? As perguntas eram tão soturnas quanto o céu. Não houve respostas neste espumar incessante das nuvens. Em todo o caso, ele tinha a certeza de que a resposta não poderia ser arrazoada. Foi uma escolha simples que teve de fazer. Mas escolha de quê? Ele tentou imaginar o que isto poderia ser. Em vez de tudo estar permanecido na periferia, fora do alcance, enterrado em alguma névoa profunda, aparecendo como uma faísca momentânea, fugaz no tempo, apenas ser abafado naquele vácuo sem remorso em que a sua mente se tinha tornado. Passando uma padaria, ele ouviu o seu nome. Ficou na chuva distraído, escutando, não tendo a certeza se não estaria a alucinar. Ei! Ele ouviu outra vez. O seu nome ecoou familiarmente nos seus ouvidos como uma voz num sonho, no momento em que o aroma quente de pão cozido no forno o preencheu. Por um momento fugaz, ele teve a impressão de que a porta para se soltar estava lá novamente, aberta, escondida nalgum sítio atrás da cortina...por detrás das sombras...na próxima curva...iminente.

Mas entretanto a sensação das suas roupas molhadas batendo na pele trouxe-o de volta a si mesmo e à sua condição, a criança e a memória. Ele daria qualquer coisa naquele momento para estar livre do seu corpo. Andaria como um fantasma, tranquilo e intocado, com estas ilusões mentais.

A voz chamou uma vez mais, insistente, determinada no seu propósito. Encolhendo o rosto, ele contraiu as suas faces até aos olhos em trejeito de descontentamento enquanto olhava em busca do seu chamador. Ele nada podia fazer; a chuva era muito cerrada, no entanto ele já sabia quem era.

"Inigo!" A voz chamou de novo. "Aqui!"

Ele virou-se para a voz e pensou ter visto uma mão sair da cortina de água solicitando a sua atenção. Logo a forma indistinta do seu chamador emergia à sua frente.

De pé diante dele, sacudindo a água dos seus sapatos e sorrindo desajeitadamente estava o seu tio. Inigo olhou para ele de perto mas não viu o boné do sargento na cabeça. Os olhos não estavam ferozes, mas cheios e brandos como sempre. Ele parecia desconfortavelmente molhado e mais doente do que era habitual.

"Por pouco não te alcançava!" Disse, rindo nervosamente. "Parecia que não me ouvias."

"Não podia," disse Inigo, indicando a chuva como a razão com um movimento das suas sobrancelhas.

Eles retiraram-se para o abrigo de um toldo. O tio continuou nas suas tentativas de sacudir a água das suas roupas. Tempo perdido...

"É bastante a chuva, não é? Acho que estávamos a precisar disto...," disse ele. "Eu estava a ir dos escritórios para casa. E tu?"

"Apenas uma caminhada."

"Nesta chuva?"

Ele virou-se para o seu tio seriamente. "A chuva incomoda-o assim tanto, tio?"

O homem mais velho esqueceu as suas roupas por um momento. Ele olhou para o seu sobrinho.

"Um pouco, suponho. Vejo que tu não te importas," respondeu, observando o seu sobrinho encharcado. "Como vai o trabalho?"

Inigo pensou no homem andrajoso da Praça de St. Phillip.

"Eu trabalho para o nosso inimigo comum," desabafou.

O seu tio ficou surpreso. "O que queres dizer?"

"Eu sou empregado por uma multinacional sem rosto, cujo objectivo final é escravizar a humanidade."

O seu tio não sabia o que dizer. "Bem...eu não sei, quero dizer, tenho a certeza..."

"Tem a *certeza*, tio?" Inigo interrompeu. "A Verdade e a nossa certeza são os brinquedos deles, o material de passatempo."

O seu tio ficou perplexo. Inigo sentiu que qualquer um ficaria, porém continuou apesar do seu embaraço.

"O tio dirá que temos democracia, mas também somos apenas espectadores nessa arena."

"Se estás em discordância, talvez possas encontrar

emprego noutro lugar."

"Não há outro emprego em parte alguma. Eles estão a certificar-se disso. Eles compraram tudo o que não possuíam. Estar empregado hoje é estar escravizado a servir a destruição do próximo. Um punhado de corporações tornou-se grande e poderoso demais. Eles compram e vendem os nossos governos e alimentam-nos com a democracia, da mesma forma que alimentamos os cavalos de trabalho com feno."

"Bem, eu não sei acerca de tudo isso. Realmente. Há espaço suficiente para todos, tu sabes. E a felicidade não ocupa espaço."

"Sim, isso é verdade, tio. Mas posso perguntar-lhe: Mesmo que a felicidade seja apenas um estado de espírito, nascemos com o direito de sermos felizes ou somos obrigados a ganhar a nossa felicidade?"

"Meu filho...o que sei eu? São perguntas para as quais todos devem encontrar respostas para si mesmos."

"Eles nos definem no final."

O seu tio parecia receoso. "Sim, eu presumo," disse ele. Olhou para o sobrinho astutamente e depois voltou a atenção para o chapéu e para o guarda-chuva enquanto procurava palavras. "Este tempo escureceria o humor de qualquer um", disse ele por fim. "As coisas vão melhorar," acrescentou ele para confortar o sobrinho. "Tu verás. Eles sempre fazem..."

"Eu sinto muito, tio," disse Inigo com um

sorriso. "Do que está a falar?"

"Bem...do trabalho, quero dizer."

"Oh, isso! Não precisa de se preocupar."

Mas o tom do homem novo desmentia tal coisa. Ele acenou com a cabeça para o tio; embora o olhar dos seus olhos e o sorriso forçado que ele tinha no seu rosto falassem de outro modo aos olhos encarquilhados do homem mais velho.

"Bem, o importante," declarou o tio, "é não perder a coragem. A vida continua, os negócios devem continuar e um dia essas coisas são esquecidas. Pode parecer difícil acreditar, às vezes. Mas deve ser assim. Que significado teria tudo isso se não fosse assim?"

"Ah, sim. O tio clarifica-me. Está tudo tão claro agora," respondeu ele sarcasticamente. "Os negócios devem continuar ou então que significado teria tudo isso?"

Eles caíram no silêncio. O tio passou a mão sobre o feltro do chapéu e estava definitivamente confundido. Abriu a boca como se fosse dizer alguma coisa, porém nenhuma palavra saiu. Havia uma expressão de dúvida no rosto dele. A sua boca parecia congelada na articulação de um pensamento que nunca veio.

"O tio sabia que não havia dinheiro suficiente na nossa cidade para os enterros depois da guerra e que as bombas passavam como uma multidão de adolescentes americanos nas férias de Primavera? Que todos tiveram de pedir dinheiro emprestado, com juro, e que, quando o fizeram, foram forçados a desistir do pouco que ainda possuíssem? Até a terra? Bem, o negócio continuou, querido tio. Sim, foi um bom negócio para muitas pessoas."

O tio estava a fazer um movimento para o trinco no seu guarda-chuva. Enquanto fazia isso, Inigo estava a ter a mais distinta sensação. Ele podia fisicamente sentir que estavam separados. Como se os laços que mantinham estivessem a ser cortados um por um, aquela força subtil que os ligava estava a diminuir, parecia, por graus, ser reduzida a nada. Foi o último da sua família. Sentia-se livre, liberado e, pela primeira vez, não prestava contas a quem quer que fosse, senão a si mesmo. Isto também devia ser uma parte do desapego, contou ele a si mesmo.

O guarda-chuva estava aberto e ambos deram passos na calçada.

"Bem, eu vou retirar-me então", disse Inigo, sentindo este ar de perturbação entre eles dolorosamente.

"Tens a certeza de que não queres que te acompanhe? Tu não tens guarda-chuva."

"Não, tio." Disse Inigo sorrindo a esta gentileza. "Eu já estou molhado. Obrigado. Você sempre foi bom para mim... E você está certo, tio—as coisas vão melhorar. Obrigado pelas suas palavras sábias, hoje.

⁕

INIGO afastou-se apressadamente e o tio seguiu o seu próprio caminho incerto e a alguma distância, parou, virou-se e lançou um olhar para o jovem. Ele questionou-se sobre a mudança que viu no filho do seu irmão. O jovem brando e reservado que tinha conhecido se fora e no seu lugar estava um estranho que nunca conheceria. Que mudança tinha acontecido com o menino de olhos brilhantes e sonhador que ele conhecera, o qual fugia de ruídos estrondosos e de palavras duras! Questionou-se se ele não tinha perdido uma oportunidade, para tal mudança na sua vida, algures no percurso deixado para trás.

Descendo a rua, pela chuva e pela multidão, avançando através dos guarda-chuvas, indiferentemente abeirando-se das lojas e passando sob toldos e beirais que gotejavam sobre ele, Inigo continuou andando, imune ao mundo à sua volta. O tio podia ver que o seu sobrinho nada mais tinha; estava isolado. E embora estivesse perturbado, o tio sentia-se orgulhoso. Sentiu que o seu sobrinho se tornara um homem.

Inigo, por sua parte, estava cansado, pois terminara o estímulo da exposição que dera ao seu tio. Pensou na sua mãe e na religião, visto ter sido ela devota. E sentiu-se envergonhado por até disso ter desdenhado. Os seus pensamentos doces e belos transformaram-se em ácido corrosivo e em enormidade. Ele sabia disso, mas nesse momento estava confiado a isso. Deliciava-se nisso. Havia algo de higiénico na destruição de ídolos, disse a si próprio. Ele estava a limpar a lousa. Sim, como seria fácil sofrer com todos os olhos voltados para o mesmo no topo de uma colina, pensou ele, num suplício da cruz com três chorosas Marias vertendo lágrimas por tal. Ou sofrer as fundas de Maomé sob a protecção e abraço do clã, no seio do conhecimento seguro de que os seus actos serão registados na história. Ou um príncipe como Buda, renunciando às riquezas, entregando-as por diversão, talvez para possuir o último item que faltava na sua colecção de tudo—trapos, na sua busca incansável de possuir tudo sob o sol. Mas sofrer anonimamente como os restantes de nós sofre—sofrer invisivelmente, entre paredes brancas; andar pelas ruas com sonhos imperecíveis; saber que o peso nunca se elevará, que o nevoeiro nunca lava e que as linhas do caderno de exercícios nunca se encontrarão e, ainda assim, continuar com o próprio escarmento—era outra coisa... Era isto honesto? Nobre? Abjecção? Isso importava? Nada mais havia para trancar sentimentos tão nobres. Nenhum acto, nenhum grito de guerra, nenhum opressor visível, apenas este joeiramento de correntes tão repugnantes, pesadas e barulhentas que o prendiam à "liberdade" em prol de um mundo indiferente, imutável, vil, perdido, sem propósito e sem intuito.

Aqui estava a verdadeira luta. Não era esta a nobreza que ele procurava? Ele foi endurecido para a sua deliberação. A guerra estava em toda a parte. O trabalho era uma escravidão mecânica. A velhacaria era a lei. Arrendar era impossível. Viver no anonimato era suicídio existencial.

Ele enfiou a mão no seu bolso para tirar o panfleto. Segurando-o firmemente, virou as suas mãos repetidamente maravilhando-se com o propósito delas. Ele já não se perguntava para que fim tinham sido feitas; elas estavam a arrebatar a resposta.

Emery Moreira

Sobre o Autor

Emery Moreira é editor / colaborador da *8th House Publishing*. Tem mais de 50 livros editados, presentemente em distribuição, dirige várias actividades nas áreas de publicação na Europa e na América do Norte e concomitantemente é autor de vários trabalhos de ficção, não-ficção e poesia, entre os quais: *The Jihadist (O Jihadista) 2009, 8th House Publishing (2018, EditoraNTN); The English Qabalah (2012, 8th House Publishing), Opening Night (2020, 8th House Publishing).*

Sobre o Tradutor

Fernando Mendes de Sousa nasceu em 1972 na freguesia de Mozelos, concelho de Santa Maria da Feira, distrito de Aveiro, Portugal. Enquanto estudante e jovem, descobriu *Nietzsche, D. Hume, R. W. Emerson, H. Hesse, F. Dostoievski, Erasmo, Camões, Bocage, Fernando Pessoa*, entre outros, que o levou a um gosto especial pela literatura e filosofia. Actualmente continua com estas paixões e, sendo também amante de música desde a infância, tem tocado bateria nalguns projectos musicais. É autor de uma colecção de aforismos e de ensaios brevemente a ser publicada (2020, *EditoraNTN*). Presentemente está a traduzir algumas obras de ficção, de filosofia e de esoterismo incluindo as de *Friedrich Nietzsche, Aleister Crowley, Vivekenanda*. É um dos sócios fundadores da *EditoraNTN* residindo em Portugal com a sua família.

RAJA YOGA

tradução de
Fernando Mendes de Sousa

Swami Vivekenanda

E OUTROS LIVROS DA EDITORANTN

Raja Yoga—Vivekananda

No que se tornou o preponderante tratado clássico sobre o verdadeiro Yoga, Swami Vivekananda apresenta os exercícios espirituais, mentais e físicos para produzir o fenómeno espiritual que toda a humanidade deseja. Num livro, livre de dogma e superstição, a antiga prática do Yoga é devolvida à humanidade na sua original simplicidade, poder e magia.

O Raja Yoga também é conhecido como "Yoga Clássico" e "Royal Union Yoga". A principal preocupação é a disciplina da mente, as posturas - asanas – são a carruagem. Este livro " Raja Yoga ou Conquistando a Natureza Interna" entra em detalhes sobre técnicas de respiração, concentração e temas como não-apego.

Do prefácio:

"O objectivo é manifestar este divino íntimo, controlando a natureza, externa e interna. Fazê-lo, seja pelo trabalho, ou culto, ou controlo psíquico, ou filosofia, por um, ou mais, ou todos estes, e ser livre. Isto é o todo da religião. Doutrinas, ou dogmas, ou rituais, ou livros, ou templos, ou formas, são apenas detalhes secundários."

Vivekananda foi um importante professor indiano que veio ao ocidente há pouco mais de um século e ensinou a prática de meditação hindu e a filosofia religiosa. Raja Yoga significa a "disciplina da prática de meditação", em oposição ao Hatha Yoga, que significa a "disciplina de exercícios de alongamento físico". Raja Yoga é um dos livros mais conhecidos de Vivekananda, o qual também escreveu livros sobre Karma Yoga, Bhakti Yoga e Jnana Yoga. Segundo o autor, o objectivo do Raja Yoga é concentrar a mente e descobrir os recessos mais profundos da nossa mente. Para obter o objectivo, a prática é absolutamente necessária. O apêndice contém a tradução dos Aforismos de Yoga de Patanjali.

EDITORA NTN

As CONFISSÕES de ALEISTER CROWLEY
uma autobiografia

traduzido por
Fernando Mendes de Sousa

As CONFISSÕES de ALEISTER CROWLEY

Este é um dos mais famosos livros sobre o ocultismo, é um registo da jornada de Crowley em estranhas regiões da consciência: da sua iniciação em magia, das suas viagens e amantes, das suas experiências com sexo e drogas, e da filosofia do seu famoso Livro da Lei.

Aleister Crowley, autodenominado "the Beast 666", fundador das suas próprias ordens espirituais, já era uma lenda mundial quando escreveu a sua biografia. Conhecido como romancista, poeta, mágico, alpinista, mestre de xadrez, guru, também era um viciado em drogas, famoso voluptuoso e místico realizado.

Nascido na Inglaterra em 1875, filho de um cervejeiro e missionário da Plymouth Brethren, Crowley rejeitou a vida e os costumes vitorianos e seguiu uma vida de rebelião, onde ele procurava ampliar os limites da experiência e do conhecimento humano. A busca da alma através do misticismo levou-o a excessos sexuais, deboche, uso de drogas, e audazes aventuras físicas e mentais, fosse nos penhascos mais perigosos das montanhas ou na mais profunda experimentação psicológica.

Um mestre da filosofia oriental e ocidental, viajou pelo Egito, China, México, Tailândia e mais. Vivendo em Londres, Paris, Nova York, ele reuniu discípulos, amantes e amantes de ambos os sexos, enquanto despejava manuscritos inéditos sobre ocultismo, misticismo e a prática das ciências espirituais. Sua carreira literária prolífica e talentos aventureiros nunca mais muito atrás, ele também produziu uma série de romances, volumes de verso para preencher uma biblioteca ao quebrar recordes mundiais em montanhismo e escalada. Através de seus escritos espirituais e experimentos, ele deixou a humanidade com um legado para decifrar para as próximas gerações.

Nos Passos de Nietzsche

"Nos Passos de Nietzsche" é uma emocionante jornada vicária pelos lugares favoritos de Nietzsche: Nice, França; Turim, Itália; e Sils Maria, Suíça. Dentro da reflexão pessoal do autor está uma pragmática ruminação sobre os muitos aspectos da filosofia de Nietzsche que surgem ao longo da viagem. O que significa permanecer-se um indivíduo enquanto se se alimenta os laços que fazem a vida valer a pena, principalmente aqueles que temos com a família? Ao longo do caminho, explora-se este dilema bem como os elementos fundamentais da filosofia de Nietzsche, considerando os modos pelos quais a nossa própria cultura pode ou não ter seguido os passos dele sempre reverberantes.

Num livro que atrairá tanto académicos quanto entusiastas, as complexas ideias filosóficas de Nietzsche são acessivelmente enquadradas à medida que surgem no dia-a-dia possibilitando-nos abordar a questão de como é levar uma vida significativa, na qualidade de indivíduos e ao lado daqueles que mais amamos.

"Nos Passos de Nietzsche" leva-nos a uma séria discussão e pragmática reflexão sobre elementos da biografia de Nietzsche e de descobertas filosóficas ao longo das jornadas do filósofo.

N

A Criança

G

O Sonhador

O

O Santo

I

Graça

I

O Herói